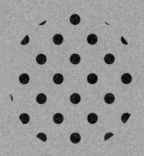

雲

秦夕美句集

KUMO - Hata Yumi

ふらんす堂

雲＊目次

句集　雲

蒼い雪

90
句

われに若い日のある不思議雪卍

白鳥は光ついばみつゝありぬ

冬立つと夢の名残の日本地図

極月や貨車は瀬音を載せながら

ほの蒼い雪みぞおちに影やある

消火器にのこれる泡やクリスマス

冬うらゝ杖の影おく甃

初日待つ鳥居にゆるくよりそひて

鶏旦の大和の橋を素通りに

一声もなし雪に坐すかませ犬

お降りや右へ十五度ほど傾ぎ

鳩翔けて三日の空となりにけり

かたはらにすゞなすゞしろ雲のいろ

寒暁をはためきゐたる国旗かな

木は立つて人は坐りてお正月

どことなく罪の香ぞする鏡餅

寒梅に夢の始末の思案かな

うるはしく老婆となりぬ七日粥

見よそして忘れよ雪の行軍は
しらじらと更けゆく樹氷わが前世

寒満月さゆらぎもなき梢かな

夢わづかちがつてゐたる初硯

大鷲の羽交締めせる艦の影

風花を吸ふ闇ふつと魚の香

雪晴の音なき音を手鏡に

お茶にごす日々もまたよし冬北斗

雪の木や得体のしれぬものうごき

死はいつも千鳥足にて小正月

凍てつゝも雲は波の香とらまへし

片時雨ものゝ五分を待ちかねて

凩○号船体の凹凸に
玉霰縄文の陸かく昏れて

雲母絵《きらゑ》見る六腑しみじみ凍てたれば

初釜にとゝのひかぬる風の音

雪洞はほのと誰招ぐ日暮かな

冬麗や畳はものをおもはする

雲なびく蒼くやさしき木菟の森

下車すべし人目も草も枯るゝべし

片袖は冬はらみをり海の音

配給の切符まばゆし雪の闇

風花や火薬のにほふ五体にて

爆音と産声ありぬ寒芒

毛穴より沁む虎落笛戦雲

二本目の煙草をはりぬ雪催

汽笛冴ゆ野末の石のうごくかに

樹氷にも雌雄のありや捧げ銃

鈍色の褌《たふさぎ》干せり霜柱

風花す日本最古の水車小屋

母さん此処さむいアムール川ちかい
ふる雪に血を恋ひわたる刃かな

きさらぎの空吸ひこめり土耳古石

抜け落ちしものらぬくとし北斗星

斑雪野へとびたきト音記号かな

水雲召す兜子は何処師は居ずや

ふきげんな雲はひがしへ告天子

エイプリルフールふるふるひらく傘

時効とはゆかぬことふゆ万愚節

したゝかに四月一日あさぼらけ

クリムトの墓も兵士の墓も春

眼前に土蔵のかけら百千鳥

欲シガリマセン銃後には恋の猫

吊革にふれきし手なり青時雨

後朝の風をはらめる夏蓬

人骨とちがふ白さや大氷河

うたゝねや穂麦かすめる機影なく

紙いちまいほどの時間よ夜這星

金風や涙壺おく子供部屋

語りても一日は一日敗戦日

ペルセウス流星群とジャズ数珠をくる

翔けゆきし者らうごめく紅葉谷

律の風こゝより母国とや一歩

孕みたる秋もろともに上陸す

あきつしま岩場にあそぶ鱗雲

坂鳥のさばしる夢の梯子かな

だるまさんがころんだ秋のはじつこで
露しとゞ軸足ずれてゐたる朝

病のごと湧くさまざまや曼珠沙華

覆水盆に返らず西へ雁の列

あやまつてばかりゐないで萩すゝき

かまつかのゆらと招ける闇の音

のらくろもゐたか月下のレイテ島

死線てふ言の葉ありぬ草紅葉

竹の春ほんとに遠くない戦火

銃声はとぎれとぎれや茸飯

華やぎて音とびちれり葛嵐

ゆきあひの橋かすめゆく砲弾か

玉音やゆるゝともなき秋簾

焦土には少女と夕日にほふ秋

贅沢は素敵戦後の秋は好き

イッセイニ秋ノ真昼ヲ塗リップス

白い月

90
句

戦前や白い月落つ神楽坂

「おうい雲よ」とびたつきはの菱喰よ

新月のお菓子の家の煙出し

鳩吹くや水の闇ある古戦場

浅茅生の色なき風を身八つ口

鶴来る御時世なればおとなしく

しなやかに月をはこびぬ森の雲

世も末の小鳥の羽をひろひけり

汁粉食ぶ昔のけふにあらぬ秋

草もみぢ四肢なだらかに老ゆるかな

あたふたと彼の世此の世や雲と露

軍票を数へてゐたる月あかり

御破算もよきか渋柿しぶきまゝ

母乳の香よぎる八月九日朝

「負ケタノ？」「そろそろ竹を伐らねばの」

月光にぐらりとロトの塩柱

御戦の盾か秋の香むずがゆし

夢のまたゆめも銀河も雑嚢に

死の騎士の踊るドドンパ風のなか

雲水になつたつもりの月夜茸

悠然と霧のロンドン塔に鳥

秋冷の雲形定規鯨尺

月光を呑む松毬と赤ん坊

冷やかに夜や持駒に飛車あれど

明けぬれば露の玉ある辻地蔵

狭霧消ゆ橋姫口をぬぐひけり

さかしまに落つる快楽《けらく》や秋の蝶

身にしむや雲の影おく男下駄

涼月の音ひきゆけり高瀬舟

霧ごめの獄《ひとや》こよひは字をつゞろ

月いまだ竹のレコード針の音

まづ左手あぐ白風の仮面劇

居心地のいゝ時間です牛膝

包帯を洗ふ良夜でありにけり

夕野分仏具の金のはづされて

秋海棠あなたにのこすものふたつ

空気銃ほいと渡さる月夜かな

獄窓を雁の羽音のよぎるなり

波音は月生む人は人産んで

小鳥にも享年かろやかにせゝらぎ

鶏鳴は何を呼ぶらむ迢空忌

鬼灯に戦の空の匂ひかな

生き死にはあなたまかせや窓の月

熟田津は月待つ汝《なれ》は我待つか

パンドラの箱のたゞよふ月の海

みすゞかる信濃だまつて昇る月

白露かな土偶の一重瞼かな

心にもあらず風みる草の絮

八十島に防空壕の残る秋

軍服の釦はづされ碇星

ふがひなく切りたる指や冬銀河

寒月光ひたすらねむき馬と兵

魔王よぶあつけらかんと雪がふる
やくそくは浮世のはなし芽木の空

余寒なほキーウに杖の影いくつ

米をとぐ音なつかしき朧月

うらゝかや埃及文字をもてあまし

惜春のイラクねむたし星を抱く

つばくらめ樹々もろともに崩ゆる岬

貝寄風に乗りたやアラブ馬つれて

夕日へと吸はるゝ機影花吹雪

昏れゆくやミッドウェーの春の潮

雨の香をひきつゝ夏へカラコルム

老いて買ふ夢と台湾バナナかな

蛍とぶ返つてこない音ふえて

虹の街浮足立つてゐたりけり

ミャンマーへふりつむ音符薄暑光

寅年の千人針や旱星

弾道のごとく虹立つ日本海

夏の日や脱脂粉乳コッペパン

青雲のこゝろがはりや扇風機

あちらまでとゞくサイレン薔薇一枝

徒波は夏の香縄文土器のいろ

冥府にも北京ダックと夕焼と

母の日や毒の香すこしうする丶か

凌霄の花は眠らず雨催

はじめての白靴ふはとうごく砂

朝凪にジャガタラ文のごときもの

あの日々はほんたうのこと夏燕

誰を待てる海のいろかや月見草

祭笛いつも半音ずれる夢

樹の下は蛾《ひむし》・血痕・未知の神

鳳蝶また約なりて破られて

戦後なり蜘蛛の囲ゆれてゐるばかり

一族の訃報相次ぐ青田かな

雷鳴を飲み込む雲のふたつみつ

でうでうと羽風のおよぶ祭足袋

「すし食ひねえ」淀殿お国浮雲も

鉋屑すこしまがりて晩夏光

涼しさに祖霊のあそぶ水鏡

赫い花

90
句

赫灼と海明けにけり茄子の花

星条旗涼しく十指そろふかな

深くしづかに潜行するか蟹と老い

いらつしやいませ朝の虹ひだる神

また闇の香ぞする夾竹桃の花

その人の黄金時代アマリリス

得心のゆかぬ丸さや濃紫陽花

サイレンに壕の青黴いきいきす

時は今つりがね草に雨の粒

あとずさりして嬰児のつかむ虹

平和てふ奥のおくには雲と薔薇

鬼百合や時期尚早といはれても

葉桜にふつと太古の扉のすきま

日雷シオンの丘の足の跡

なにげなく生きる夾竹桃に雨

虹消えてのつぺらぼうの壇ノ浦

血痕の多寡にはふれず雲の峰

日を招きかへす扇か戦時中

草あやめ有事立法ありやなし

しのび音に羽虫のきたる罌粟畑

雨情とは慕情に似たる百日紅

風鈴やどくろは舌をもたざりき

死にごろの齢といふか金蓮花

初盆や鶴折る赤い薬包紙

そらにみつ大和うるはし終戦日

流るゝや雲と穂草と濁音符

鳳仙花そこはだまつてゐる大人

さういへば戦前戦後カンナ咲く

雲呑を落すでもなく秋の川

赤トンボ数へきれずに座るかな

徒心のせ雲助の踏む紅葉

地震つゞくかの日の河原撫子よ

木犀や白杖すゝみつゝありぬ

おもむろに風を呑みこむ小菊かな

盆路に赫い花つむ雲もつむ

うたゝねの壕鬼灯を鳴らす音

もう誰も来ぬ戦場の木の実独楽

たゝかひの日は日ながらの菊の友

たよりなき時間や雲と吾亦紅

得手勝手なれど銀杏散ることに

鬼あざみ時化となる頃ねむい頃

頁には軍の影ある茨の実

足のない市松人形なごり空

数へ日や海のむかうの童歌

わが世なりこゝまでは来ぬ消防車
また雪の闇へくりだす言葉かな

蠟梅や老といふ字のやうに老い

決めかぬる些事車座の寒茜

埋火は風待ちゐたり眠気なり

羽子板やあさき夢のみかゝへゐて

水仙の北限よぎる救急車

夕づくや枇杷ほつほつと咲くけはひ

冬菊の白く置かれて始発駅

くもりつゝ昏れつゝ坂の山茶花は

軍歌にも四季や五情や雑煮椀

血はつゞく甘露子《ちよろぎ》の紅のことさらに

出雲へは出向かぬつもり石蕗の花

梳ることのこるかな冬椿

水仙に古き風すむ真昼かな

松毬すつとんきやうな冬落暉

葬列のどこかはなやか枇杷の花

雲老ゆる明日はひらく福寿草

アカイアカイアサヒお寺の風車

一礼して出でくる霊やつくしんぼ

日の本の雨の桜と赤紙と

ひとつまたふゆる傷かな榖雨かな

モンゴルの草食む夢や冴返る

むらくもに光のにぶき梅の花

撤収すべし夕影せまる桜貝

ももさくら死や死や汝をいかにせむ

ざれごとは捨て置け雨の鼓草

白桃や遺伝のひとつ虚言癖

筒音は絶えしまゝなり夕雲雀

しやぼんだま街赫々とうらさびし

夜は夜の雨の色ある牡丹百合
遠野には生れぬ雲あり藤の花

ものゝふの掟はしらず蜆汁

巴里の屋根の下には菫川の音

闇の香をまとひつゝあり百千鳥

大椿キリマンジャロへいそぐ雲

あたら世の風あたゝかし甃

沈丁花の闇をつらぬく羽音かな

ほんたうは怖いおはなし雲珠桜

背負投げしたき病や諸葛菜

なぞは謎のまゝにひぐれの風信子

春の雁きくは冥府のトテチテタ

まことではないがまあい丶朝桜

零戦の破片とおもふ月日貝

はじめはグー花の下なる齢かな

遠野火や金と銀なき千羽鶴

あとがき

雲はいつ、どこで、その最初の姿を見せたのだろう。「雲」と名付けたのは誰だろう。そんなことを考えながら、今日も雲を見ている。ヘルマン・ヘッセのエッセイや山村暮鳥の詩など、いつ読んでも『雲』はいい。第十九句集『雲』の構想は前句集の校正中に生まれた。題名が漢字一字の句集は持っていない。メインディッシュのあとはデザートが欲しい。今回はトリコロールといこう。蒼（青）、白、赫（赤）、の章立てにしてみた。さて、お味は？　と書いて、次の句集名が浮かんだ。句集名は「？」だ。「？」はいろんな呼び方があるけど記号の一つなので「記号」と読ませる。一辺が十三センチ〜十五センチの枡形、黒地に白抜きの文字にしたい。考えるのは自由だが、現実には、それなりの労力と時間がかかる。はたして命はあるのか、体力はどうか。結論の出ないことは棚上げにして、いま出来る楽しいことを考えよう。

季語が歳時記の順序どおりになっていないことが気になる人もいよう。ただ私が句集を作る時には数年前の俳句も入れることがあって、冬の項にも去年のクリスマス・今年の何々と自分なりの時間がある。ルールを知らないわけではなく見開きの字面にこだわる私のわがまま故のこと。校正者のミスではない。

昔から、なりゆきまかせで生きてきた。何か決断しなければならない時には、動物的なカンに従った。それが自分にとって一番いいように思えたから。八十四歳、箸にも棒にも掛からぬ齢になって、句集を出せる幸せ。私の思いを形にしてくれるふらんす堂さん、読んでくれる人たち、まわりで支えて下さる皆さん、心から感謝します。

はつなつの風とながるゝ薄雲と

秦　夕美

著者略歴

秦　夕美（はた・ゆみ）

昭和13年3月25日生まれ

日本女子大学国文科卒

著書　句集『仮面』『恋獄の木』『夢としりせば』『孤舟』等18冊

句歌集『万媚』

句文集『妖虚句集』『十二花句』等

エッセイ集『火棘―兜子憶へば』『夢の柩―わたしの鷹女』『赤黄男幻想』等

現代俳句協会会員

福岡工業大学エクステンションセンター講師

同人誌「豈」所属　個人誌「GA」発行

現住所　〒813-0003　福岡市東区香住ヶ丘3-6-18

雲《くも》

著者　秦夕美©　発行日　二〇二三年一月一五日　初版発行
発行人　山岡喜美子　発行所　ふらんす堂　〒一八二—〇〇〇二
東京都調布市仙川町一—一五—三八—鍋屋ビル二—二F　電話
〇三（三三二六）九〇六一　FAX　〇三（三三二六）六九一九
URL http://furansudo.com/　MAIL info@furansudo.com
印刷　日本ハイコム㈱　製本　㈱渋谷文泉閣　装丁　和兎
定価＝本体二八〇〇円＋税　ISBN978-4-7814-1498-0 C0092 ¥2800E